MONICA AUGUSTINA ZHEKOV

O ROSMANINHO E A PROCURA DE MIRTILO MÁGICO

Para o menino mais curioso do mundo, que inspirou esta história, o meu querido filho Jordan!

O Rosmaninho e a Procura de Mirtilo Mágico

ISBN: 9798835071432

Impresso: Publicado de forma independente

Impresso por Kindle Direct Publishing (KDP), North Charleston SC, uma empresa da Amazon.com, EUA

Há muito tempo, numa pequena aldeia transilvânia, numa casa branca de camponeses feita de barro e coberta de juncos, vivia um rapaz curioso e trabalhador chamado Rosmaninho. A aldeia de Rosmaninho era como se estivesse congelada no tempo para além das colinas íngremes cobertas por arbustos de mirtilo silvestres e brilhantes, que de longe pareciam ser um mar roxo com ondas em movimento.

Densas florestas de pinheiros cercaram a pequena aldeia como uma coroa real; pinheiros que cheiravam tão aromáticos como a nuvem de incenso que cobria a sala da pequena igreja de pedra todos os domingos durante a missa. Naquela igreja austera, o padre Teófilo, que também serviu como professor na aldeia de Rosmaninho, cantou magistralmente os versos com uma graça angelical, num estado como se descessem criaturas angélicas na clareira fria e escura do pequeno lugar de culto.

O Rosmaninho não tinha tido uma vida fácil na pequena aldeia montanhosa espalhada entre as colinas e vales das montanhas subcárpatos. Os verões e os invernos rigorosos ele os encontrou com todos os desafios da natureza, para ajudar os seus pais em casa e cuidar dos seus queridos animais no estábulo velho.

No entanto, tinha um desejo ardente que fez o seu coração acelerar tão rápido como uma locomotiva a vapor. Ele ansiava tanto que a sua amada avó Ana voltasse a ver todas as cores da natureza, as árvores e as nuvens que às vezes pareciam leões prontos a lançar nas crinas da montanha ou que outros dias pareciam anjos dançando ao redor do sol deslumbrante.

Após tomar o seu habitual pequeno-almoço, que era sempre leite morno com pão fresco e macio assado pela sua mãe no forno de barro no quintal, o Rosmaninho gostava de vaguear de manhã cedo nos caminhos de argila vermelha que partilhavam as manchas de arbustos de fruta. Os frutos aromáticos e azedos – os mirtilos, que pela manhã cobertos de gotas de orvalho, brilhavam como pedras ametistas, esmagadas nas mãos aveludadas de Rosmaninho pareciam as gotas de lágrimas roxas que depois desapareceram como um feitiço na terra seca do caminho poeirento que levava à casa da sua avó no vale.

Ele queria tanto trazer-lhe uns mirtilos brilhantes cobertos de gotas de cristal, mas só chegou a casa com palmas roxas e pegajosas. Sentiu-se tão triste que não conseguiu trazer intacto o fruto milagroso à sua querida avó.

Vejam os meus queridos - o Rosmaninho acreditava que este era um fruto mágico que devolveria a visão aos olhos cansados da sua avó, para que pudesse ler as suas histórias amadas novamente com a sua voz angelical que era tão doce como o tilintar do sino de latão da pequena igreja de pedra.

Esta confiança na fruta aromática não era apenas o sonho de uma criança. O Rosmaninho realmente sabia que esta fruta milagrosa tem poderes mágicos para curar os olhos de qualquer um. Como é que ele sabia? O Rosmaninho tinha lido isto no pesado e antigo livro botânico, encadernado em capas castanhas incrustadas com motivos florais e páginas transparentes amareladas, que o seu professor Teófilo lhe tinha emprestado para ler no inverno passado, o que parecia interminável.

Este livro não era como os outros livros que o Rosmaninho tinha lido antes. Acima do título "Medicas Plantarum" estava também escrito "Faculdade Real de Ciências Médicas". As páginas eram cobertas com desenhos feitos a lápis, representando vários frutos e plantas, juntamente com os seus nomes em latim, que por si só soavam como uma oração encantada semelhante à que o seu professor Teófilo cantava na igreja todos os domingos, quando o seu rosto era transformado e brilhava como o de um anjo transcendente. Ainda mais - quando virou a página amarela encerada, o desenho da primeira página que cobria o desenho na página seguinte foi novamente combinado num novo modelo a partir do qual várias letras poderiam ser descobertas se olhasse com muita atenção.

Mas o Rosmaninho estava convencido de que só podia ver aquelas letras porque as tinha mostrado insistentemente ao seu professor Teófilo, mas não conseguia ver nem uma! O Rosmaninho estava um pouco triste, pensando que o seu amado professor não podia dar credibilidade às suas palavras! Depois continuou a mostrar as letras mágicas à mãe e depois ao pai, mas infelizmente ninguém podia ver mais do que um livro botânico!

Seu coração estava inundado de imensa alegria a cada nova descoberta do poder das plantas que vira na aldeia e nas montanhas da Floresta do Rei, a poucos passos da aldeia mística. Para aprender todas as novas plantas no seu livro mágico, Rosmaninho ficou acordado a noite toda sob a luz de lâmpadas de gás para memorizar todos os nomes em latim de todas as plantas, frutas e árvores que ele já havia encontrado na sua pequena aldeia. Ele olhou para o teto branco, onde a grossa lâmpada coberta de fumaça pendia de um gancho de ferro cimentado na casa de cem anos de idade.

A *Atropa Belladona* sussurrou a voz de Rosmaninho como uma oração mista proferida por um monge eremita. Que nome elegante e gentil adquirido por esta planta mortal, Rosmaninho pensou na sua mente, lembrando-se do momento em que sua mãe o golpeou em cima da sua mão macia, cheia das tentadoras frutas negras e brilhantes que ele estava pronto para comer no verão passado. Esta planta tem o nome de uma bela dama, mas seu fruto é muito venenoso e pode dilatar as pupilas de alguém que é tão tentado a comê-las. Dá dores de cabeça, prisão de ventre, confusão, alucinações, delírio, convulsões e, finalmente, a morte. O corpo de Rosmaninho contorcia-se de dor só de pensar nos efeitos negativos dessa fruta elegante e mortal.

Pelo contrário, ele aprendeu com o livro arcaico que podia comer *Vaccinium Myrtillus* livremente, que crescia livremente e descontroladamente nas pastagens de seus pais e cujos frutos se assemelhavam a *Atropa Belladonna*, embora a cor do fruto fosse roxo-opaco e não preto lustroso. Rosmaninho pensou que não era adequado para o pobre mato; o *Vaccinium Myrtillus* parecia mais doloroso do que a *Atropa Belladona*. Essa fruta poderia ser a cura para a visão perdida de sua avó Ana? Poderia até ser uma vacina para evitar a perda da visão, Rosmaninho meditou na sua mente sonhadora. No entanto, fabricamos geleia do fruto de *Vaccinium Myrtillus* e não de *Atropa Belladonna*. Bem, pensou Rosmaninho, tenho certeza que o cientista latino que nomeou essas duas plantas cometeu um grande erro! Ele logo pensou: *Vaccinium Myrtillus* estará maduro e farei muitos potes de geleia de frutas aromáticas para minha amada avó. Sei que ela recuperará a visão se comer cerca de sete jarros dessa fruta milagrosa.

Numa clara manhã de junho, após a maior parte da noite contemplando as letras milagrosas no desenho ao lado do arbusto de mirtilo no livro místico da botânica, o Rosmaninho deixou para trás a pequena casa branca de sua família, guardada pelas duas tílias, tão orgulhosas quanto duas gigantes da história de Davi e Golias. Ele rapidamente foi para as colinas cobertas com o cobertor roxo de arbustos de mirtilo dobrados pelas frutas maduras e ricas.

O sol havia acabado de nascer, apareceu do outro lado da floresta e começou a beijar os seus cabelos loiros como se fosse um abraço de boas-vindas. O Rosmaninho olhou para os raios brilhantes do sol que o cegaram por um momento, mas imediatamente cobriu o rosto com o braço direito, como um guerreiro. O seu pequeno balde branco, que ele trouxera para encher com a fruta perfumada, escapara de sua mão, mas ele não considerava prioritário procurá-lo.

Ó Rosmaninho, ó Rosmaninho - ele ouviu uma voz quente chamando por trás. Ele virou-se rapidamente enquando o medo lhe atingiu as costas como um raio, mas ele não podia ver nenhum ser humano! Definitivamente ainda estou sonhando, pensou o Rosmaninho pronto para continuar a sua jornada em busca do seu baldinho branco!

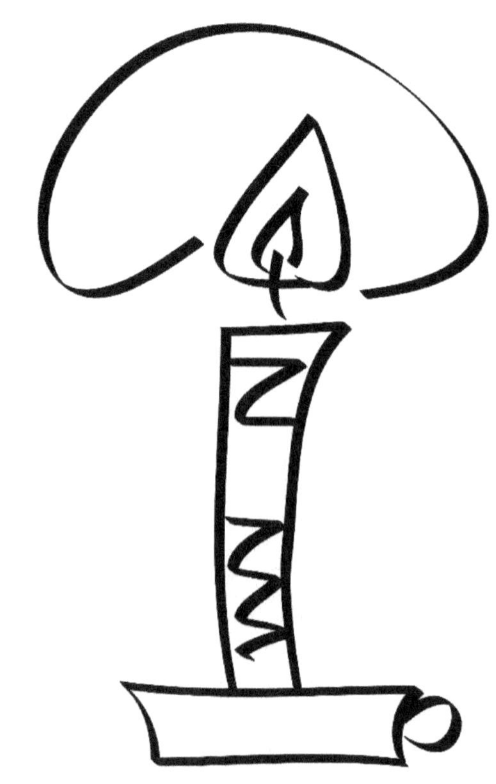

Ó Rosmaninho - qual é a letra que está escrita na sua mente? Ao ouvir essa pergunta, o Rosmaninho sentiu um frio percorrer seu pequeno corpo como se alguém tivesse jogado um balde cheio de água fria sobre ele. Quem poderia ser, como ela sabe?

Quem é? O Rosmaninho perguntou, mal conseguindo mover os lábios para pronunciar uma palavra, enquanto o medo ainda envolvia todo o seu ser. A voz quente respondeu suavemente: "Eu sou o mirtilo mágico! O mirtilo que pode satisfazer o seu desejo! Apenas diga que palavra mágica pode ativar o meu poder para realizar o seu desejo!

O Rosmaninho caiu de joelhos e bem na frente dele viu o mirtilo mais brilhante que vocês podem imaginar. Coberto pelas gotas de orvalho da manhã, parecia a mais bonita pedra de ametista polida com o cuidado do mais talentoso joalheiro real. Suas bochechas vermelhas bateram com o vento e o sol e de repente o rosto de Rosmaninho foi banhado em muitas lágrimas amargas.

As mãozinhas de Rosmaninho abraçaram com ternura maternal aquele arbusto de mirtilo à sua frente e murmurara em agonia: "mirtilo mágico, mirtilo mágico, só conheço um" C ". Eu quero muito que o meu desejo se torne realidade, mas qual pode ser a palavra mágica? Poderia ser uma casa, poderia ser uma cruz, poderia ser um cérebro, poderia mesmo ser um crocodilo? O mirtilo mágico respondeu imediatamente: O desejo de ser realizado precisa da mente e do coração para ...? Que ele saiba - Rosmaninho respondeu por um tempo! Apresse-se, apresse-se, o meu poder mágico desaparece quando o sol escaldante seca o orvalho de mim! Apenas uma oportunidade ó rapaz bonito, o sol está forte e está crescendo! Ó querido mirtilo mágico, "creio", Rosmaninho gritou com força, pode dar a minha avó o presente mais caro – a visão.

Assim que o Rosmaninho pronunciou a palavra mágica "creio", o mirtilo brilhante desapareceu como um encanto, e os raios de sol acordaram-no de seus devaneios com um beijo quente na cabeça baixa. De repente, sentiu-se triste ao pensar que tinha perdido a sua única oportunidade de ver o seu desejo cumprido para os olhos da avó voltarem a ver.

Mas ele nem sequer sonhou que o mirtilo mágico fosse cumprir o seu desejo e a sua querida avó tivesse a sua visão devolvida! Sentada na varanda da casa no seu quintal, com o seu cão Zeus ao lado dela, primeiro parecia ver uma fantasma, com asas flutuantes! Mas espera, pode ter sido aquela criatura a mover-se lentamente, o neto Rosmaninho? É um sonho ou uma realidade? Correndo para a colina para lhe contar sobre o milagre que aconteceu, deixou para trás seu quintal poeirento, correndo para fora do grande portão de madeira, mesmo retirando-o das suas dobradiças!